韵涵情深

史一海 著

九 州 出 版 社
JIUZHOUPRESS

图书在版编目（CIP）数据

韵涵情深 / 史一海著. — 北京：九州出版社，
2022.6
　　ISBN 978-7-5225-0990-7

　　Ⅰ.①韵… Ⅱ.①史… Ⅲ.①诗集－中国－当代
Ⅳ.①I227

　　中国版本图书馆CIP数据核字(2022)第112853号

韵涵情深

作　　者	史一海
责任编辑	王海燕
出版发行	九州出版社
地　　址	北京市西城区阜外大街甲 35 号（100037）
发行电话	（010）68992190/3/5/6
网　　址	www.jiuzhoupress.com
印　　刷	涿州军迪印刷有限公司
开　　本	710 毫米 × 1000 毫米　16 开
印　　张	14
字　　数	180 千
版　　次	2022 年 6 月第 1 版
印　　次	2022 年 6 月第 1 次印刷
书　　号	ISBN 978-7-5225-0990-7
定　　价	78.00 元

心藏芳香酒　诗开万里霞

——史一海先生诗词集读后

赵云东

壬寅春节前，挚友王继雄兄荐来诗稿一部并嘱作序。既兄亦友，不能一口回绝。但未读稿件，又不敢一口应承。只能作答：看完书稿，再做决定。现在，书稿读罢，感慨作答：确为上乘之作，不才欣然为序。

《韵涵情深》包括史一海先生近十余年来创作的旧体诗词，从体例上，分为"词令""格律诗"和"古体诗"三大部分。

史一海先生今年虽已年届花甲（从作品内容推断），但从其涉猎广博、视通万里的作品看，作者胸中，鼓荡着一颗上下求索、思接千载的不老诗心！更为难能可贵的是，作为一名非文学科班出身，又常年奔波在测绘战线的老兵，在繁忙的工作之余，能在法度严谨的中国传统诗词殿堂里披枷起舞、潇洒穿梭并最终能够自由驰骋，修成正果，这也再次证明：挚爱和虔诚、坚守与执著，是一切文学创作成功的前提。

除了端正的态度、凛然的正气，符合艺术规律的奇思妙想、遣词造句、平淡出奇恰是诗词创作中最难也是最能"抓人"之处。在这部作品集中，打动人心的妙语、出人意料的妙喻是其最大的亮点。如《读南唐后主李煜》中，"家亡国破山河碎，玉砌雕栏日月新"，一语凝练了所有的历史慨叹和世事沧桑。《悼胞姐》中"徐来风雨丝千绪，苦命同胞掌独舟"，痛彻肺腑，感人至深。再如写寻常景色，《在水伊人》中"山滴水岚皆失色，阳辉湖泽满霞光"，对仗工稳，物我互化，尽得宋诗托物喻理之妙，显示出作者对于格律诗技巧纯熟老道的驾驭能力。如果说因格律限制之苦，在"诗"中个别作品还稍显拘束的话，那么，在"词"这部分，作者对作品的驾驭则显得更为潇洒自如。如"爱柔肠，恨柔肠，戴月披星逢雪霜，绘图沾墨香"，家国情怀，一笔写尽。又如《蝶恋花·给母亲》，思念母亲，"一句娘亲，儿子时常眷"，口语入词，地气饱满，颇得白诗精髓，读来为之动容。

从"关关雎鸠"至今，作为中华优秀文化中的灿烂瑰宝，诗词曲赋之发展花团锦簇，历久弥新。溯源而探，宏论已汗牛充栋。然观其要旨，"在心为志，发而为诗"当为其核心。且这种化心志为心声的过程，端赖于本真之诗心，定型于音律之程式，育化于吟咏之节奏，传承于永恒之时空。读史一海先生的作品，诚以为诗心赖培育，诗路始足下，诗品显德行！

"潮平两岸阔，风正一帆悬。"最后，衷心祝愿史一海先生耕耘不辍，在诗文创作的道路上佳作不断，w越走越远！

二〇二二年二月

于塞上青城

序作者简介：赵云东，男，1964年生，蒙古族。现供职于内蒙古自治区广播电视局。中华诗词学会会员、中国摄影家协会会员、内蒙古作家协会会员、内蒙古摄影家协会会员。工作之余偶有诗词、摄影作品发表。主要作品有：2009年，《国歌赋》被《新华文摘》第19期全文转载。2012年，摄影作品《兴安晨韵》被联合国人居署收藏。2013年，获内蒙古自治区文学创作最高奖-"索龙嘎"奖。2014年，在中华书局出版个人诗词集《依律言心》。2017年，《内蒙古大学赋》在内大建校60周年征文活动中获金奖并被内大永久收藏。2019年，在内蒙古大学出版社出版摄影画册《牧野心歌》。

目
录

七言诗部分

韵涵情深

五言诗部分

韵涵情深

自由体诗部分

韵涵情深

词令部分

忆秦娥·天又雪

　　题记：又是中秋节，举头望明月，或思念，或怀想，致友人，这是我对朋友的祝福。

天又雪，
长天漫舞冰心结，
冰心结。
箫声夜里，
几多迷蝶。

相思片片搅心血，
书卷页页伤离别，
伤离别。
柔情万种，
凭由天决。

2017.10.1

踏莎行·金杯畅想

星耀金杯，
细微茵萃。
几多欢乐情丝泪。
争锋竞霸逐群熊，
星移物换由新慰。

不语言悲，
败同荣媚。
痴情弥爱怀遏寐。
披肝沥胆炼身筋，
冬临暑往心常卉。

2018.7.16

踏莎行·城池闲遇

虾子屏风，
城池闲遇，
满园油嫩飘丝雨。
忆往昔，月晓星稀，
冬寒暑烈，身淋曝。

换了颜眉，
家乡再举，
街宽锦绣奔驰御。
荷塘风，翠柳青丝，
梦遐悠远，尤心绪。

2018.7.7

韵
涵
情
深

蝶恋花·满地碎残枝叶树

题记：时令又进大雪，寒气逼人，在这冬季，思念也有一份温暖……

满地碎残枝叶树，
又见绒绒，
思念成风布。
夜半雪融心失助，
无缘相伴花之路。

纵使缠绵烟雨雾，
万物随波，
蝶化痴情处。
待到春妍花艳舞，
漫山桃韵成诗赋。

2017.12.8

钗头凤 · 雨打秋风

阵风往，
生惆怅，
雨打秋风黄叶巷。
夜徨徨，
水流觞，
万家灯火，
细雨酣扬。
茫！茫！茫！

人凡惘，
愁成网，
赤诚胸阔肝肠恙。
往披霜，
慨而慷，
肺俱言语，
恨织胸腔。
凉！凉！凉！

2017.10.16

卜算子·桥断柳塘边

桥断柳塘边，
寂寞凝枝岸。
气爽秋声不眠夜，
月耀琼楼殿。

荷叶翠绿塘，
处处红枫剪。
幽梦潇湘音杳无，
独坐舒云浅。

2018.9.26

卜算子·天凉好个秋

天凉好个秋，
又见人依瘦。
极目还凝山高远，
满目云霞秀。

闲风不言愁，
心海朝天叩。
秋雨秋风吟秋绪，
一切仍如旧。

2019.8.13

韵涵情深

卜算子·中秋酒会

佳节相聚楼，
相敬樽杯酒。
今世今生好朋友，
挽手朝前走。

劝君张开喉，
抬手随风柳。
大碗闲茶小杯酒，
笑语常开口。

2019.8.14

长相思 · 钻机闲立

天势忧，

地势忧。

闲立钻机地上愁。

何时转一周？

水添愁，

山添愁，

项目工程尤水流。

内心如摆舟？

2019.10.18

韵涵情深

蝶恋花·给母亲

所有语言无力挽，
一句娘亲，
儿子时常眷。
沧海桑田缘俗断，
犹存梦里轻声唤。

昔日缝针依补线，
家境贫寒，
彻夜油灯漫。
春夏秋冬同屋勉，
豆瓜秋麦撑荞饭。

2018.5.12

浪淘沙令·终日雨霏霏

终日雨霏霏，

默立愁悲，

万烟云缕送春归。

满色绿枝花已尽，

思绪歼围。

怎耐溢芳飞，

微脆人辞，

雁离山寂可知回。

微带约云轻眷雨，

帘曼珠眉。

2019.5.7

韵涵情深

醉花阴·玉带翩翩长

玉带翩翩栖梦爽，
凤新开通畅，
喜悦万千狂。
漫念诗书，
笔拟描新仿。

凤凰妙曼莺歌放，
凤舞凰偏仰，
惬意互痴情。
醉美红城，
悠宛由歌旷。

2021.10.12

长相思·空悠愁

　　写在端午节：端午节如同清明节，是值得记忆的日子，它带给我们的是对人生的追忆。清明节是对亲人逝者的祭扫，端午节是对国之忠魂的哀悼。

空悠愁，
酒浇愁，
春水投江涌急流。
无言万事休。

山依留，
水依留，
雨雪人生如泛舟。
小心滩触头。

2019.6.7

韵涵情深

采桑子·松山空语风依缕

松山空语风依缕，
心里忧愁。
水也忧愁，
秋叶红枫月耀楼。

人民大道漏声断，
街也清悠。
巷也清悠，
抗疫风吹满神州。

2021.10.24

长相思·山苍苍

山苍苍，
水苍苍，
曾是多年绘测方。
名城遍地忙。

爱柔肠，
恨柔肠，
戴月披星逢雪霜。
绘图沾墨香。

2019.5.16

韵涵情深

如梦令·落叶残枝铺就

落叶残枝铺就，

浓醉云霄酒后。

遵义凤凰山，

一派叶红风透。

慢走，慢走。

正是情柔心秀。

2021.10.13

采桑子·水岸琼楼君未知

洛江水曲涓清澈，

两岸人稀，

花树媚姿，

白鹭轻飞闲啄枝。

英伦国际堪幽谧，

楼耸高奇，

鹂鸟群栖，

水岸琼楼君未知。

2021.10.16

韵涵情深

卜算子·窗外滴声扬

窗外滴声扬，
夜雨留盈沅。
满院魂牵叶落响，
帘曼帷西怅。

疫情又来猖，
往事还迷惘。
双压平担雪和霜，
万事朝天仰。

2021.10.20

如梦令·夜雨风涛日送

夜雨风涛日送，
人影广场遁形。
凭倚问湘江，
水澈涓流细涌。
莫恐？莫恐？
抗疫全民齐动。

2021.10.21

韵清深

卜算子·还是农村饶

还是农村饶，
树上鸣晨鸟。
信步庭园又秋风。
叶落娟莎草。

本是安然风，
抗疫全民了。
防疫回乡天地广，
却有湘江绕。

2021.10.25

一剪梅·万事苍茫云水中

题记：韩国前总统朴槿惠因身体原因将被赦免，看她的经历，宦游一身，孤身一人，无子无婚，一身都给了国家和民族。而今，所有泪所有悲，到了极致终是灰。

万事苍茫云水中，
来也空空，
去也空空。
波澜岁月夕阳红，
爱也空空，
恨也空空。
天地寒潮锁月宫，
情也空空，
仇也空空，
但求生死佛依依。
生也空空，
念也空空。

2021.12.25

韵涵情深

卜算子·雪压树凌枝

雪压树凌枝，
绒羽浓飞泻。
犹有青松更挺直，
凛冽随风夜。

远眺群山峰，
遍布茫茫野。
烦恼忧伤始作尘，
岁月悠亭榭。

2021.12.26

踏莎行·细水涓流

细水涓流，
万灵退守，
欲穿梳子柔河柳。
飞花雪絮石台依，
冬临寒笛扬秋愁。

事事迷求，
人浮变骤，
豪情满志随风瘦。
悄然无语水推舟，
但欹堤岸哗深吼。

2021.11.24

韵
涵
情
深

醉重鞭·贺春

题记：旺犬逐鸡去，满园皆是春，在这送旧迎新的日子，向你们祝福！就让我们一起手挽着手欢呼吧，来迎春！醉春！

悠忽又关年，
春风婉，阳光灿。
岁岁有平安，
乡邻贴对联。

春风携意暖，
由衷愿，吉祥言。
朵朵蜡梅妍，
同欢陪尔眠。

2018.2.15

钗头凤·年尤盼

题记：在这寒冷的冬季，一首钗头凤，可否有一丝温

暖……

顿生倦，

年尤盼，

茧手持风凝落雁。

岁增寒，

缺粮援。

问他无语，

见面无颜。

赧！赧！赧！

由心判，

时言侃，

蜜言豪语抓生产。

水成涓，

体熬煎。

到头无果，

泪眼弥漫。

酸！酸！酸！

2018.2.2

卜算子·寒天闲步

题记：腊月寒天，独闲漫步，忽闻鸟语，顿觉春暖。

寒潮锁平川，
林竹扬鸣畴。
忽是春温洋暖意，
鸟语尤寒绽。

群山雪皑皑，
冰结庭前院。
已是黄昏独闲步，
与鸟同婉转。

2018.1.28

清平乐·寒城白鹭

涓水悄走，
白鹭尤空瘦。
已是寒城风紧骤，
问鹭何勤啄蚪。

来往寻觅依留，
恰似年润祥柔。
笑对风霜雪雨，
暮捉河畔桥头。

2018.1.7

韵涵情深

卜算子·夜顶娄山关

　　题记：昨日晚九时，趁酒兴，同杨成举同学登临娄山关山顶，夜色之中，不由感触……

夜顶娄山关，
月耀群山影。
长雁声呼天地沉，
但把霜晨咏。

昔日弹雨声，
鏖战俱关岭。
漫道雄关展乾坤，
迈步尤风送。

2017.12.29

卜算子·冬至

冬来数九寒，
万物怡情眷。
落叶纷飞入泥土，
尤报情恩愿。

小酒不甚馋，
能抵冰凌衍。
酒薄诚心重千语，
海一诚邀见。

2017.12.11

注：海一，为海天一色酒店，亦可解读为人名"一海"。

韵
涵
情
深

七言诗部分

七律·都匀拜访刘政远

题记：该诗初作于2010年4月，几朋友相邀特去都匀看望在此工作的刘政远，兴致而作，今做了些修改，献于读者。

人生如梦曼心微，

聚散随缘自有归，

大浪淘沙金显出，

轻风吹拂笛萦飞。

都匀桥上谈新语，

遵义街头眷旧帏。

得意相交知两个，

溪潺山翠斗蓬晖。

2010.4

韵涵情深

七律·欢度双节

送走中秋临国庆，
喜逢佳节倍增荣。
良宵共度陪仪典，
艳婉联欢醉月明。
往昔同窗弥眷意，
流年似水锁真情。
童芳绽放如怀玉，
笑里融舟畅岛琼。

2011.9.18

七律·中秋月夜

又是明辉婵夜节，
一年再度聚为期
诸朋欢悦频杯笑，
唯我凭栏寄语时。
湘域水漫风阁宇，
凤凰山麓月松枝
乡重路远音尤静，
恋友探亲觅小诗。

2011.9.12

七律·邀测绘界精英年会

一年相顾群英会，
又到宾朋品茗时；
拂面风轻情趣暖，
猴腾兆雪洒城池。
民歌小笛音飞远，
画景吟诗韵意怡
吾辈弟兄同共勉，
山青水绿地眉姿。

2017.12.16

七律·在水伊人

娉婷玉立映亭廊，
凝是娥仙落地央。
山滴水岚皆失色，
阳辉湖泽满霞光。
神情游步轻歌舞，
飒爽临风妙梦扬。
莫问尊君闲处在？
烟波愿驾伴陪郎。

2018.6.20

韵涵情深

七律·登临雨台山

致情拾级雨台山，
忆往峥嵘未等闲。
古柏苍松陈旧事，
晨风残照绕新湾。
沧桑岁月锤心励，
荏苒时光挽体颜。
回首当年书意气，
而今凭杖见云环。

2018.6.10

七律·登临秋景

晚映秋风曼袅烟，

四方熟透好心绵。

天高气爽由空静，

霞蔚云蒸浩渺烟。

山挽水弥知行路，

韵涵诗意谱华篇。

不来登极看川远，

一幅枫屏定失缘。

2018.12.5

七律·岁月如歌

题记：人渐老，扬鞭马跃，同时代欢歌，参与遵义的
建设，无怨无悔……

岁月如歌万事悠，
扬鞭跃马未停留。
山掀地热腾滔涌，
雨润风梳促细流。
民族复兴祥世界，
国家强盛和全球，
红旗招展催人进，
伟业千秋共索求。

2017.11.7

七律·轻抛阔洒万团圆

题记：2017年国庆期间，海尔大道项目工地，本身我院勘察工作已经完成，最后工人开始收拾行李，换洗衣服，不料穆某高血压发病死亡，因此获赔五十二万元。

人生千虑谁无失，
祸福临门瞬息翻。
国庆齐欢闲日里，
假期遭遇度时烦。
做工病死全归体，
惩罚支钱太枉冤。
行侠江湖承道义，
轻抛阔洒万团圆。

2017.10.11

韵涵情深

七律·拜寿

题记：兄长九十寿辰，小弟前来拜寿，有感片言，以存念之。

一湾江水遂由川，

雨厚风轻润坝田。

九十老翁神气抖，

亲朋好友满庭前。

樽杯醇酒恭添寿，

两碗清茶话俗缘。

家道兴隆红日起，

青山日耀福绵年。

2018.11.25

七律·给友人

本是同林花尾草，
相融映托满园茵。
轻呼吮吸皆欢畅，
雨打风经共月银。
西北东南常聚首，
秋冬春夏敬樽醇。
人生道路千山岭，
广纳川流汇海滨。

2018.11.1

042
韵涵情深

七律·万缘深处

　　题记：七月十四日，为吾生日，已近六旬，不免感叹！一路过往，真与诚、爱与恨，如烟，如缕……

随烟如雨事轻挥，
岁去韶年早遇摧。
多少柔绵情似火，
已俱挚爱化成灰。
行云流水何曾忆，
离索飞心且易回。
唯寄月明悠觅往，
万缘深处一丘堆。

2020.9.1

七律·夏夜曲

暑气浮游浩宇深，
繁星眨眼夜无音。
流虫划出金丝线，
萤火辉光耀古林。
蟋叫秋辰弥月混，
蛙鸣夏景响诗吟。
轻风有意情尤忆，
佳梦年韶凑瑟琴。

2019.8.3

七律·葬花韵

依风伴景拿须媚，
恋友权亲已往回。
妍艳满园君莫在，
雨狂零殒始来陪。
花开仅是临春愿，
粉落唯冤枉早梅。
随水泥尘吟葬韵，
山青阳暖起音雷。

2019.5.4

七律·读南唐后主李煜

佳人绝代秉尤真，

错把龙袍护在身。

皇位斜倾风里拽，

阕词婉约唱花春。

家亡国破山河碎，

玉砌雕栏日月新。

滔涌碧波珠有泪，

一湾江水吊君魂。

2019.5.17

七律·田园歌韵

又把锄头趣味高，
回乡劳动又持刀。
想尝青豆添莜麦，
田里任由自己捞。
红薯藤牵常打理，
白瓜树绕耐勤淘。
身轻难得心纯净，
梦晓阳薰养晦韬。

2019.5.19

七律·麻将随想

题记：从打麻将中体味人生，做大牌贵在坚持，一旦确立志向，就应坚持不懈，勇敢地去争取！

人生好比"打麻雀"，

万字同条起漾波。

取理似如清一混，

齐牌又可布双罗。

意恒坚定随来往，

赤胆忠魂列戟戈。

要想赢家争帜锦，

初心不变唱悠歌。

2019.7.8

韵涵情深

七律·五月狂流

狂涛春夏水奔流，
地撼山崩毁木舟。
格局调迁新布阵，
棋盘变化再搜求。
树枝腐烂除风净，
潋滟清波荡月楼。
别说夜时泄暴雨，
万千物挽决因由。

2019.6.22

七律·生日

　　题记：生日将至，五十八个春秋就要来临，在这特别的日子里，写给自己的歌……

人世浮萍树上桠，
五零余八半生涯。
左拼右搏寻幽愿，
东走西奔饮倦茶。
秉性坦诚书义举，
事谋求实筑基砂。
内心自有芳香酒，
漫念云舒慰绮霞。

2021.8.15

七律 · 秋雨绵窗

秋雨绵窗水雾头，
一朝突变骤凉悠。
骄阳炽热今挥去，
遍野尤荒地换愁。
山远迷蒙田湿润，
心柔弥意土滋油。
丰收过处来甘露，
万户萦环烟袅楼。

2021.10.10

七律·醉月山庄

醉月山庄映阁台，
苍松古柏拨云开。
凤飞尤静弥心住，
往日吟箫今又来。
锈锁铜门幽鬼怪，
屋梁蛛网布虫魁。
可怜一世珠光耀，
林里莓繁路上苔。

2021.10.24

韵涵情深

七律·党恩永记始如前

党恩永记始如前，
虽以名休且快鞭。
千亩沃垠藤畅野，
万阶坡土草狂延。
同心秉德谋规取，
群策挥戈敢破坚。
凿路山高岩壁走，
湘江水涌气丹田。

2021.12.6

七律·丰都鬼门启示

江域丰都变水云，
鬼门通达见其殒。
生前不做良民事，
死后无缘地府君。
剖肺掏心连锯腕，
割喉刺眼又抽筋。
满盈恶贯阴程苦，
行善微情积厚勋。

2019.4.3

韵涵情深

七律·茅坡秋韵

晚映秋风焕彩边，
枫眉红遍好怡然。
天高气爽收甜果，
地广人勤谱德篇。
水绿山青通远路，
云蒸霞蔚漫弥烟。
故来茅岭寻芳顾，
叶秀缤纷意满笺。

2018.12.6

七律·致

年龄莫及凑琵琶，
风雨微云咏晚霞。
室里座谈筵上酒，
出门逗玩地摊麻。
为人轻视无言信，
做事非诚反倒爬。
谨学作君沿大道，
功夫漫炼品闲茶。

2020.4.3

韵涵情深

七律·抗疫悠怀（一）

疫情横道胆齐天，
国运微霜敢坦然。
技术科研攻敌阵，
冲锋卫土破魔圈。
外侨相济依肩走，
万众同酬挽手连。
今日明星安去远，
老夫心愧仅羡贤。

2020.2.21

七律·抗疫悠怀（二）

引诚撩人莫乱场，

在家勤守伴糟糠。

柔情享尽天伦意，

任情游疆地陷狂。

野窜恶狼能猎杀，

新型魔疫甚嚣张。

劝君要按南山语，

阻击围歼好宅郎。

2020.2.20

韵涵情深

七律·抗疫悠怀（三）

武汉雷惊事可烦，
南山直下逆驰援。
三军铁剑掀魔宇，
万众铜墙阻疫源。
拥护规章遵指示，
任由美国辱其言。
春风微笑催新蓓，
喜上群花怒满园。

2020.2.19

七律·抗疫悠怀（四）

一日平餐食慢吞，
偷生闲逸坐茶蹲。
南田已是高飞鸟，
魔疫狂涛且扎根。
心闷沉渊无秀手，
业关颓废闭财门。
老夫岂客村边站，
袖挽淋消又测温。

2020.2.11

韵涵情深

七律·抗疫悠怀（五）

细念禁门已数周，

疫魔未退起忧愁。

鹂莺雀跃春光好，

花草荣开逸室羞。

坐卧莫停如怪病，

游神失语似疯囚。

听天由命真无奈，

空有豪情唱晚秋。

2020.2.14

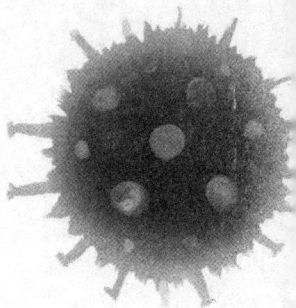

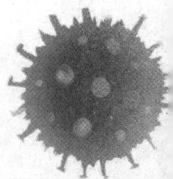

七律·抗疫悠怀（六）

遍坡花木又开春，

四野萧然却少人。

微命怡情丛上岭，

佳伊顺意可安民？

丹心碧血朝天问？

忧腹萦怀就地询。

责守令牌围歼计，

恶魔定斩鬼惊沦。

2020.2.3

韵
涵
情
深

七律·醉弥心池

题记：贵阳之行，同学们的深情厚谊，铭刻于心……

欲跃投鞭慎紧驰。
雾锁晨霜由路律，
湾多坡陡靠人持。
筑城逍览风光景，
闹市闲寻妩媚姿。
情厚谊深诗赋语，
醉弥芳艳慰心池。

2017.12.13

言
诗
部
分

致吹捧者

撇左捺右人字搭，
吹前捧后度芳华
空坛闲放无勤菜，
错把枝蒿解渴茶

2011.9.10

清明祭祖（一）

归故随风祭祖赓，
山清水秀恰清明。
细霏泥泞牵藤路，
倾诉人生一点情。

2013.4.4

韵
涵
情
深

清明祭祖（二）

清明时节绕池萍，
寸断人肠草上青。
惶惑依稀呈旧岁，
灰飞纸消祭亡灵。

2015.4.5

悼郭林军同学

夏日黄昏起惊雷，
苍松树柏受风摧。
依稀恍惚同窗梦，
夜静倚栏念莫回。

2016.7.19

贺陈宗云乔迁新居

金狮秀舞贺居妍，
骏马奔腾再策鞭。
绘就人生真善美，
情怀家国谱新篇。

2014.11.30

日出霞天

日出东方染曦天，
高山流水绕音弦。
兰亭月夜箫声静，
浪拨风轻起袅烟。

2014.10.6

韵
涵
情
深

国威酒厂写意

美酒香飘味绕楼，
红尘往事荡轻悠。
哪来相忆闲愁苦，
日照青山水默流。

2018.5.16

送　别

夜来风悄布浓云，
路远山高送别君。
同窗之谊难诉尽，
情悠万缕泪盈纷。

2018.5.21

风水堰拾趣

题记：风水堰位于经开区虾子镇，一号路风水堰大桥从此跨过，我们曾经在此用人工将机械搬来，并搭架在水上作业钻探。今再站在桥上，另有一种惬意。

野地池塘翠色丛，
坐怀碧绿沐清风。
水纹悠荡峦山影，
舟桨闲横待玩童。

2018.6.10

鹤油情深

清泉山庄午餐

湄江河畔味弥津，
清寂山庄怪石峋。
幽室小桥花依树，
闲茶淡饭待伊人。

2018.6.13l

端午节

悠远怀贤念古今，
方舟欲渡端午沉。
帘帷不敌窗音韵，
绿粽飘香弄瑟琴。

2018.6.18

夏　雨

东风飘疾云散聚，
雨后阳娇又炙躯。
满院瓜藤青涩果，
叶疏滴翠正半腴。

2018.6.25

毕业照

照片尤黄绕旧英，
时迁人变已无声。
愁绵不得庐山面，
谁解沉渊未了情。

2018.6.8

韵涵情深

晚　景

霓裳片语晚妆新，
束素亭眉玉殿春。
已向丹霞生浅晕，
漫言清露且云尘。

2018.6.8

初　秋

夏日余威终施尽，
秋风悠忽见初成。
应阶拾级痴情种，
叶落山亭雨恰倾。

2018.8.8

和晓星诗

浮萍人海由潮涌，
闲钓翁媪卧晚风。
逝水流云淹旧事，
一轮明月挂清宫。

2018.8.11

追　思

题记：去年来余庆，专程为诗(师)弟送别，今来余庆，
激起追思，故题《追思》，以之念存。

余庆路险山高远，
今又前来忆俊郎。
诗弟魂西尤一载，
群峰无语渺烟茫。

2018.11.30

同学聚会诗五首

一

久别归朋涌眷声，
似兄家妹最柔情。
言欢把酒多离苦，
至爱如亲语暖盈。

二

夜色池塘景致悠，
情衷如海泪欢流。
霓虹辉映湖光闪，
语句掏心耀月楼。

三

洛安村寨满池塘，
家户门前遍地香。
如有月儿来照影，
山形隐约水清凉。

四

鱼鸥莲动荡波心，

悠事诗笺罢未吟。

路婉亭桥潭碧水，

一湾风景在池浔。

五

公园湿地随悠畅，

同学情深一起游。

要得绿波莲叶动，

船来划桨起群鸥。

2018.12.8

月　夜

湘江河畔正溶月，

恰是诚邀蜜友时。

望月相思心更苦，

三更吟唱五更词。

韵涵情深

2018.9.22

清风怎解

滔天江涌古今流，
水远山高怎诉求？
尘世多怀离别恨，
清风不解菊烟愁！

2018.9.21

秋 序

天转清凉地气高，
秋风雨淅洗棉袍。
丹心沥血图凌志，
苍竹枯枝命执篙。

2018.9.13

老庙重谒

还是浓荫翠碧丛，
晚来闲致挽秋风。
楼幽人去莺何在？
飘叶徐临向老翁。

2018.9.6

韵涵情深

剑阁行诗四首

题记： 于2018年11月9日，由遵义市测绘协会组织有关会员单位人员，去成都西部地理信息产业园参访学习，10日去阆中经剑阁，踏剑门关有感，诗兴悠然。

剑阁行之一

剑阁山青奇石岭，

诗仙行迹痴觅寻。

历来蜀路关丛险，

岩狭攀登自古吟。

注：①奇石，剑阁的岩石比较特别，大小不一的鹅卵石镶嵌在沙砾中成巨大的岩石整块，成为地质界的一大奇观。

②诗仙，指李白，名篇《蜀道难》即成于此。

剑阁行之二

望崖桥上感诗心，

格律沉吟颤好音。

规鸟嘶鸣啼血尽，

半山烟雨日多霖。

注：规鸟啼鸣啼血尽，寓《蜀道难》中"又闻子规啼夜月，愁空山"之意。

剑阁行之三

关隘剑门俱锁险，

万夫齐勇岂能开。

山高石壁连天去，

飞鸟临风狭道来。

剑阁行之四

情漫蜀川寻笛韵，

剑门桥上觅诗尊。

云消楼静幽无影，

行路痴迷欲断魂。

韵涵情深

2018.11.10

古城悠情诗四首

题记：于2018年11月10日宿于阆中，兴致之余，饱览古城风貌。

阆中之行一

嘉陵江畔阆中城，

古镇千年有蜚声。

亭宇擎天龙抱柱，

阑珊夜色映楼琼。

阆中之行二

阆中古镇多条道，

足疗庭前几处招。

接待热心留客歇，

醋泡脚趾洗尘消。

阆中之行三

自古嘉陵水畅流，

轻风触境立滩头。

此生幸得来芳地，

不枉江浔戏影留。

阆中之行四

巴蜀舒心四处游，

汉庭文化织千秋。

馨香遍地尤诗韵，

三国风云事已休。

2018.11.11

春 讯

题记：春天已经悄悄临近，请张开你的双臂迎接她吧！

一缕轻风送溢新，

梅花嫣笑对伊人。

寒潮雪点犹消尽，

桂苑庭前又见春。

2018.2.19

访 亲

题记：春节访亲由来已久，可村村寨寨有时难免狗犬之惊。

春节访亲村绕宅，
走乡入寨是情怀。
邻家庭院门曾锁，
旺犬奔来似虎豺。

2018.2.19

韵涵情深

大年初二

题记：昨夜同老婆太平洋洗浴，一觉起来已是第二天
早上十点多，于是我趁着闲暇游公园。

一觉睡眠绵晌午，
大年初二度时梭。
风光旖旎公园路，
闲暇舒心伴老婆。

2018.2.17.

玲珑秀舞

大江东去古今来，
天地人寰各自在。
奉入玲珑魂秀舞，
风随雨洒化尘埃。

2018.11.6

佛光万丈

题记：周日于复兴禅院拜偈，悟佛法有感，赋诗以畅胸意。故曰：

霞光万丈普云尊，
禅院深幽渡佛门。
古柏风缠心净处，
庭前月洒待缘根。

2018.11.7

青松秀

手握青枝站如松，
人树映衬两融融。
曲弯秉直成街影，
雨打风悠色翠浓。

2018.11.20

韵涵情深

笔舒婉畅

笔舒婉畅韵弥深，
剥掉尘烟见始心。
残絮泪痕愁莫展，
春来冬去是时霖。

沿河堤柳

清江水碧涌涛声，
和煦阳光两岸明。
闲暇秋风寻觅意，
沿河堤柳叶飞萦。

2018.11.23

醉 意

题记：去年大学毕业三十周年，同学于成都聚会，今
又因事来成都，特邀成都同学再次聚首。

去年分别今朝见，
同学深情酒入怀。
两盏三杯成影对，
满楼灯火耀邻街。

2018.11.9

夜 钓

风清气雅闲垂钓，
夜色迷蒙水静流。
明显江河鱼失影，
情钟独有对红楼。

2018.11.2

易元楼

阁宇廊前追故旧，
一湾清澈跃鱼鸥。
易元新貌人何往，
霞映山青水婉楼。

2018.10.31

团溪村外岭

又到团溪村外岭，
丽山泊水草飞莺。
庭前花美歌依旧，
却把来人路遇卿。

2018.10.31

轩 楼

轩楼相映影成朦，
人走房宽夜继红。
旧事琼台迷惘处，
一湾风月耀河东。

2018.310.30

给外祖父包坟

秋风落叶霏绵雨，
修缮君坟计业基。
齐勇争先勤上劲，
安康国泰运鸿慈。

2018.10.19

写在同学相聚的晚上

清风竹苑湘江水，

老友闲来恰柳垂。

淡酒一杯邀对饮，

今生缘定紧携随。

2018.10.5

中秋弥月

酒饮三巡方起醉，

眼含娥妹卧琪瑰。

长歌舞袖琼楼宇，

始弄芳心梦百摧。

2018.9.25

午 醉

时程正午酒连环，
饮品多壶换脸颜。
都说闲来佳节至。
熏风野路慢迷还。

2018.9.23

月 夜

湘江河畔阑珊夜，
正是诚邀挚友时。
望月相思心太苦，
三更吟唱举杯迟。

2018.9.22

韵涵情深

秋　韵

江南秋色甚其多，
一夜风声带雨娑。
柔婉静亭萧瑟处，
万千心绪向谁说？

2020.9.23

人伦沧海

青山绿水莫言忧，
心里弥留总是愁。
沧海人伦情所致，
浮沉几度坐怀悠。

2020.8.17

举杯翩

日升月落举杯翩，
暑去秋来枉度年。
多少相融情合意？
一腔孤苦半因缘。

2020.8.14

月　夜

月上清辉似水波，
独翔天宇渡银河。
贤能多少身俱位，
谁与来邀唱晚歌。

2020.8.11

韵
涵
情
深

沙滩黎宅

洛江河水绕沙丘，
黎氏幽园日暇游。
悠厚文香融老宅，
墨芳万古韵依流。

2019.7.20

虾子辣椒

昂首朝天遍地妍，
门庭诸户似红毡。
农家妹子勤翻剪，
色美熏肠味滴涎。

2018.1.25

春分诗二首

一

春交时节趋渝境，
一半丹青又绣纹。
路远桥涵云浅朵，
崇溪河绕众山群。

2019.3.22

二

川东水阔雨无边，
江涌涛然浩渺天。
神域丰都苍柏树，
万千鬼话秀云烟。

2019.3.22

韵涵情深

三渡山顶冰花寻觅

山坡旷野集冰花，
净土芬芳遍地芽。
难得清辉陶意趣，
万千心事待闲茶。

2019.2.16

夏日温高写意

夏日阳薰似火烧，
山丘野地度煎熬。
无边风景热浪里，
满颊汗流像水浇。

2019.7.28

秋题二首

一

温高烈焰炼丹球，

无雨微云水涌流。

难得松涛苍翠映，

挽来凉爽一丝愁。

2019.8.20

二

浪涌霄天紫气嚣，

火熏热旺太阳骄。

迎秋正是催粮熟，

数点微风展树招。

2019.8.22

天鹅湖畔

云山湖畔觅天鹅，
碧水溶天漾滟波。
倒立楼亭幽倩影，
低垂绿柳映娑婆。

2019.8.22

中秋抒怀

月耀天庭照九州，
安康国泰力争优。
晓风揽得凌云志，
粪土流年万户侯。

2019.9.13

中秋相聚

题记：今天是相聚的日子，我们祝亲人们中秋快乐团圆！

中秋十五大团圆，
虾子层楼把酒眠。
同饮共邀天上月，
相亲挚爱亦翩跹。

2019.9.13

新蒲老街改造

九月工程实在忙，
清晨朝露抖岗梁。
钻机轴动山回响，
夕照余晖野地茫。

2019.9.21

韵
涵
情
深

国庆抒怀诗二首

一

十月金风旗画艳，
全民儿女喜庆欢。
攻艰克俭愚公志，
虎跃龙腾国泰安。

二

国祥阳煦照田畴，
稻穗金黄纳色秋。
假日欣然乡野走，
微风拂面看丰收。

2019.10.3

城市蒿地留言

楼庭华墅耸云丛，
诗意悠然绕苑鸿。
地块对邻沉又静，
路边蒿艾半蛛虫。

2019.10.10

午梦迟来

午梦迟来绪乱飞，
沉浮花伞雨飘霏。
福原山岭偏高远，
又恐桥头事愿违。

2019.10.16

韵涵情深

白鹭湖观景

望眼迷蒙近浅滩，
山苍云漫映微澜。
澈湖碧绿波光远，
水绰烟飘秀地宽。

2019.10.17

夜游古迹

漫宇星晨映月明，
披肝烈胆亦从戎。
苍穹浩瀚弥初梦，
战鼓犹催马疾鸣。

2019.7.13

余庆史氏家亲寻访

四怀山翠语轻微，
史氏家亲伴夕辉。
风绕玉龙茶隽秀，
绿毡脚踏莫知归。

2019.10

广场之夜

盛世年韶莺飞舞，
阑珊深处荡情歌。
腰如柳摆柔秋夜，
此地消声无胜多。

2019.11.11

冬 至

冬日临来遍地烟，
烹羊炖狗布佳筵。
今生常聚情牵手，
把酒吟诗话团圆。

2019.12.21

寒节叙事

小寒节至斜阳残，
雪掩山湾水滴檐。
旺火炉堂胸意暖，
袍哥弄酒话滋甜。

2019.1.3

早春花赏

去年繁锦现痴红，
味品流芳挽韵风。
莫说寻香来得早，
晚云唯若葬花丛。

2019.2.9

随缘定义

风来雨润随缘定，
时到温阳万木春。
一切顺心如水意，
魂忠赤胆焕弥真。

2016.1.16

韵涵情深

遵义高铁站早春夜景诗二首

一

早春银树集灯花，
未见新芽已满霞。
风畅云轻闲步走，
漫游大道人喧哗。

二

玲珑剔透未春归，
凝是斜霞遍地辉。
犹畅缤纷铺绣锦，
楼高绽放灿灯璀。

2019.2.26

春　愁

一湾风景都同愁，
凝似垂帘布晚秋。
又是来年春细雨，
柳柔新绿映亭楼。

2019.3.12

田园勤耕

一把镰锄如月仿，
纳灰除秽种禾粮。
归田解甲心融土，
哪管飞莺绕屋梁。

2018.2.14

韵
涵
情
深

春节访亲

农舍烟飘岭外柔，
走亲客串白云悠。
满园鸡鸭声稍紧，
烈酒醇香且润愁。

2019.2.9

题三八节

花开庭树霞色染，
歌韵祥融味蜜甜。
信步拈枝遥寄友，
满园芳艳进帷帘。

2019.3.8

种　植

惊蛰种粮循节气，

农夫顶日细耕犁，

玉苗植入浓肥土，

叶绿禾粗喜蕾啼。

2018

清明节祭祖感怀

遍布祥云满目晖，

寻宗祭祖寄情归。

家新气旺谋图志，

到处青山伴鸟飞。

2019

韵涵情深

贺史顺华腰片火锅开业

春风吹拂万缘开，
史氏村夫大胆来。
高铁火锅腰片菜，
名扬千里聚薪财。

2019.3.19

贺小黎婚典

题记：小黎为勘测院员工，得知其结婚之日，故贺诗
一首，赠之纪念。

小黎新结并蒂莲，
同仁全体早围筵。
乘龙快婿牵才女，
妍艳花开享百年。

2019.3.14

春　怨

骄色溶溶枝灿烂，
阳春三月似愁闲。
霓裳彩舞寻花走，
难托心扉枉炫颜。

2019.3.28

春闲池塘

春来闲坐小池旁，
水草青葱柳直扬。
鹏鸟丛林欢雀跃，
老夫欲钓又斜阳。

2019.4.2

韵涵情深

丰都行

春日闲来逛鬼都，
临峰吟秀雨风殊。
人生好比江翻水，
浩邈烟波及远孤。

2019.4.3

寻宗问鼎

云淡风轻启远程，
寻宗问鼎恰清明。
电湾史氏同根祖，
满室谈渊话语盈。

2019.5.1

清明节出行

晨起整装催待发，
山青岭外出新芽。
今明跋涉缤纷雨，
欲醉人家又煮茶。

2019.4.5

静　夜

蛙叫田畴戏众声，
推窗细听判虫鸣。
斜风略有微丝雨，
正是生灵在茂荣。

2019.5.3

韵涵情深

小宅庭风

小宅晨光院换颜，

远山孤影雾罩湾。

近庭花草随风倒，

冷热休提日莫闲。

2019.4.10

贺凤新快线通车

凤新快线卧归龙，

穿洞飞河窜仞峰。

秀舞琉光灯艳闪，

名城弥竖虎啸松。

2019.5.1

老 宅

残痕断壁宅斜沉，
满屋灵幽蛛网纷。
院落杂芜人寂静，
难寻儿时少年音。

2019.5.16

恰遇生朝满宴鸿

如梦人寰岁月匆，
一年又是喜颜红。
琼房东院心情好，
恰遇生朝满宴鸿。

2019.5.17

韵涵情深

桃溪河畔拾趣

桃溪河畔步如梭，
五月烟云雨水多。
浪涌翻腾奔泻去，
越堤瀑布逞怒波。

2019.5.20

农家景象

窗外微云景色浓，
松柏青翠枫初红。
农家小宅风林绕，
鹊鸟声催又日彤。

2019.5.22

望 雨

阳熏夏日满头泉，
望雨依栏又诉天。
心中怀存无限事，
已随风逝在云烟。

2019.7.8

聚 散

风起云翻泛恼愁，
人生来去本弥悠。
有缘会聚虽尊好，
何苦成冤搅水流。

2021.10.17

新舟机场偶趣

直插云霄刺破天，
飞机两翼锦河川。
新舟焕发柔媚貌，
遍地花都秀客仙。

2019.5.28

人生风雨数流年

人生风雨数流年，
得失荣亏莫再缠。
万苦同船随路远，
劳心狂废又何煎？

2018.12.10

闲暇悠情二首

一

水涓桥卧风丝缕，
百事拈来恰觅愁。
池映柳条千万意，
逐流野鸭似方舟。

二

昨夜方寻昼又来，
不同景象否转泰。
阑珊灯火琼楼宇，
白日林风绕阁台。

2018.12.13

韵涵情深

白鹭湖景观

凭栏逸水连山远，
野鸭浮波起滟涟。
绰约峰峦蒸气上，
一群白鹭舞云天。

2018.11.5

追 思

题记：去年来余庆，是专程为诗(师)弟送别；今来余庆办事，却又涌起追思，故题《追思》一首，以之念存。

余庆山高路险荒，
前来相念倍忧肠。
诗弟鹤游声销远，
云压峦峰雨雾茫。

2018.11.30

卧龙观湖台即景

苍松古柏伴湖娴，
寻觅闲游眺众山。
一派灰蒙迷苦远，
春风惬意秀琼湾。

2020.4.17

听《折柳》之感

垂丝杨柳哪堪折，
年少青春惜离别。
径草风悠桥断处，
黄花两地诵诗歌。

2020.4.14

韵涵情深

故地寻访

旧日熙攘莫语喧，
楼风静寂暗雕栏。
原俱纳彩琉光秀，
今且阶台鸟倚轩。

2020.4.10

近月·水楼台悠情

天辰境界月融光，
近水楼台换新装。
曾是钻机鸣脆响，
前来湖畔又潇湘。

2020.4.6

听 雨

夜静床沿又雨声，
微澜风疾梦魂惊。
地翻轮播知时性，
滋润芽萌破土生。

2020.3.27

杯酒韵

玉鼎金樽醉颊风，
花都水榭月朦胧。
人生悲苦天冥定，
古往今来酒魂通。

2021.10.21

韵涵情深

春 逢

谈笑风生设宴台，
桃梨次第百花开。
柔情万种凝如水，
喝酒吟诗炼素材。

2020.3.11

农耕女

花前树后农耕女，
脉脉斜晖笑语迟。
宅院深闺才始见，
杜鹃声晓报春眉。

2020.3.9

春 润

欲挽轻风雨润茵，
山村悄静莫染尘。
同聊夜幕人不寐，
明日帘开又见春。

2020.2.2

春 愁

阳春雀鸟闹峦丘，
哪懂人生郁与愁。
锦集花团虽静好，
风来雨打掉枝头。

2020.3.4

韵
涵
情
深

又见落花

桃花又落忆红楼，
黛玉扛锄万种愁。
人世萦怀伤别泪，
一腔挚爱水东流。

2020.2.28

居家抗疫

银丝百处上头霜，
骤雨邪风出异常。
抗疫居家历多日，
已穿绒绿满庭芳。

2020.2.23

野　渡

微雨风清草木盈，
人稀野岭白云轻。
喝声连韵牛鞭响，
原是庄农在耘耕。

2020.2.15

昨夜西风

昨夜西风已骤凉，
柜前晓镜取棉裳。
寒潮袭身心中冷，
疾后驰疆上战场。

2020.2.15

韵涵情深

抗疫悠情一

相隔一时增倍苦，
肚肠滋味郁难吁。
林风闲暇光阴去，
但目花妍抗疫毒。

2020.2.13

抗疫悠情二

一轮明月挂高天，
玉洁冰清耀峡川。
若是银盘能步走，
梦魇无疾好酣眠。

2020.2.11

抗疫悠情三

风轻云浅雨淋枝，
花茂繁开色愈炽。
林里投缘梅一朵，
青山作伴吟百诗。

2020.2.13

抗疫悠情四

年饭香飘弥屋宅，
独樽酌饮慰情怀。
欲邀朋友端壶酒，
唯恐魔妖疫锁台。

2020.2.7

韵
涵
情
深

抗疫悠情五

鼠年春趣意如何？
诸户门前阻碍多。
为抗病魔情未了，
众志成城堵天河。

2020.2.1

抗疫悠情六

鼾睡翻眠赖榻头，
幽情梦蝶始方休。
只身卷缩微房里，
鸡叫临川又续愁。

2020.2.1

烧酒夜绵

今晚夜绵愁丝绕，
翻来覆去酒腾烧。
冰清冷雨淋杆柱，
屋滴檐垂似鼓箫。

2020.2.7

农家美味

抵近柴房引火苗，
红椒手捧用灰烧。
农家美味羞馔玉，
满屋薰香室外飘。

2020.2.3

韵涵情深

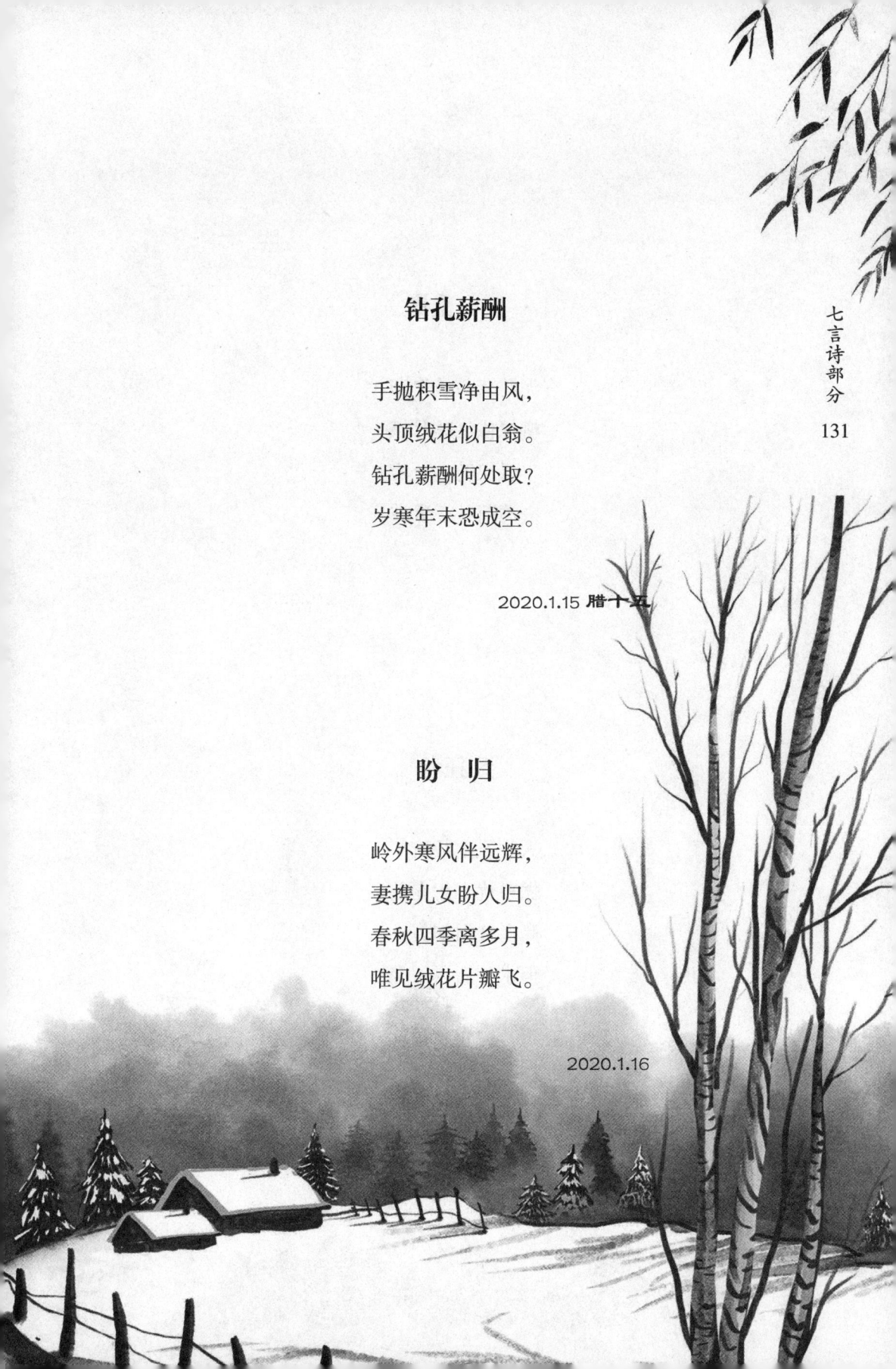

钻孔薪酬

手抛积雪净由风，
头顶绒花似白翁。
钻孔薪酬何处取？
岁寒年末恐成空。

2020.1.15 腊十五

盼 归

岭外寒风伴远辉，
妻携儿女盼人归。
春秋四季离多月，
唯见绒花片瓣飞。

2020.1.16

五一觅景

泥花燕剪筑巢窝，
柳绿桃红耀月娥。
丰沃粮畴方万亩，
一湾荷叶泛青波。

2020.5.1

致狂者

人生风雨数流年，
做事忧心想在前。
高爵钱财如粪土，
但求日后再留缘。

2020.6.2

韵涵情深

春风得意

十里春风万贯缠，
人生得意好陶然。
今朝把酒言欢度，
花草馨香入肺绵。

2020.4.25

写在相聚的时刻

美酒一杯聊滋喉，
群朋故旧聚阁楼。
不问山高同地远，
湘江浪涌皆风流。

2020.4.25

悼泰山大人

驾鹤高天浩渺飞，
泰山崩坼起身归。
不言儿女多悲念，
远去林丛伴鸟回。

2020.6.13

答谢诗

青纱孝子白麻头，
拱对亲朋涌泪流。
多谢抚言多慰藉，
前来凭吊同纾愁。

2020.6.13

夜 悼

乐缓声添诉曲丝，
魂牵往事别枝词。
抚心此境无言叙，
唯有情绵忆里痴。

2020.6.15

焚身化神

云散随风万里飘，
人生一世化烟消。
山高水远灵安处，
但愿成神众鬼消。

2020.6.15.

思念之一

人寰四月草翻墙，
夜雨狂风打屋梁。
水溢山洪河涨起，
思亲念往断柔肠。

2020.6.20

野地寻觅

迷蒙雨霁径飞蓬，
盛夏初春草异同。
记得闲消荒野里，
满身泥色且舒容。

2020.6.21

韵涵情深

心沉微眷

微沉心眷雨霏轻，
夜色迷蒙绪失衡。
且问酒家设何处？
谁来相伴叙今生。

2020.4.22

家　宴

薄荷麝香鱼更鲜，
晨朝忙碌未曾闲。
喜迎宾客家中宴，
诗诵芳筵意尤娴。

2020.6.26

悼胞姐

近日烦心事又投，
云天驾鹤突添愁。
徐来风雨丝千绪，
苦命同胞掌独舟。

2020.7.23

火化场送别胞姐

体已成灰抛乳稚，
人生一世到头时。
凡尘历久多辛苦，
烟消云散鹤别嗣。

2020.7.25

月夜游思

清辉冷月意零孤，
天宇游翔隔地殊。
多少贤才伯乐手，
神情通泰处心图。

2020.8.10

寻　觅

昼挽金阳退余曛，
丘山闲浸入林森。
天高日暮云孤远，
夜雨蝉声堪觅寻。

2019.10.4

八一抒怀

八一气概冲霄天，
仁人志士舍生前。
持枪横对凶魔手，
鸣响南昌夺政权。

2021.8.1

七绝·忽来相忆

忽来相忆夜灰蒙，
情意绵柔绕月风。
往日山悠无限美，
流年似水一殊同。

2021.8.4

为人父

父亲节即将来临，作为父亲，这时刻，于是有话想
说……

半生弥苦居人父，
诗咏歌迷煮紫壶。
举动言衷虽谨慎，
潜移默化染心图。

2021.8.5

仲 夏

晨早离床见异新，
久临微雨润心茵。
楼岚静处清幽景，
暂避高温脱凡尘。

2021.8.10

秋雨绵天

秋雨徐来布雾天，
莫缠往事换新篇。
同邀蜜友樽杯盏，
醉颜如桃似酒仙。

2021.8.11

测量悠情六首

一

塔尺标杆数米长，
艰难创业伴风霜。
烈阳炫目挥汗雨，
夜晚灯明入画房。

二

测量平板架梁岗，
薄雾轻浮视尺长。
采集数据忙计算，
风吹草动见牛羊。

三

实量剖面穿沟壑，
反测前超尺下窝。
若是循规蹈矩走，
树林遭祸成秃坡。

四

控制测量三角网，
小旗飘舞映霞歌。
平差法则多条件，
准确依据用科学。

五

陋室灯辉亮屋堂，

削尖铅笔满筒装。

轻勾细走如针绣，

恐是蓝田水一方。

六

测量酸苦暑和寒，

敢为人先野岭餐。

踏遍缤纷寻处地，

由衷兴叹赞楼盘。

2021.10

韵涵情深

又见庙宇

远视寒山庙宇擎，
青松翠柏映天庭。
浮云多少悠然去，
岁月沧桑又苦伶。

2021.9.12

中秋望月诗四首

一

月圆十五挂高天，
星粒时无怅眼眠。
夜遂深沉浓雾起，
相知自有水云烟。

二

月明星灿地生灵，
故里知心坐院庭。
茶点相陪闲暇意，
妻儿音抖绣机屏。

三

夜半临窗窥月现，
鸡鸣薄雾锁前川。
相尊只是圆如玉，
何苦轻寒混浊篇。

四

中秋佳节享团圆，
脆饼甜滋满酒筵。
赏月品茶幽旧影，
丹情一片在心田。

2021.9.21

秋题二首

一

温高烈焰炼丹球，
无雨微云水涌流。
难得松涛苍翠映，
挽来凉爽一丝柔。

二

浪涌霄天紫气嚣，
火熏热旺太阳骄。
迎秋正是催粮熟，
数点微风展树招。

2021.9.15

国庆随笔，诗四首

一

双节国庆连中秋，

庄户人勤忙割收。

房室院庭堆玉米，

万家灯火映村楼。

二

十月金秋漫紫烟，

艳阳高照耀前川。

红旗漫舞如诗画，

到处莺歌绣色绢。

韵涵情深

三

丹青铁血仍蓝缕，
万里鹏程事未酬。
不改初心持信念，
跋山涉水又峦丘。

四

祥泰安康共悦欢，
彩旗飘舞魄由丹。
秋衔风景呈昌运，
家国情怀寄胆肝。

2021.10.3

深秋夜雨

深秋夜雨起凉悠，
周末回乡雨打头。
昔日阳炽张裂土，
纳新浸湿润如油。

2021.10.9

咏落叶

落叶残衰西风催，
来年丰润地增肥。
人寰沧海随缘变，
秋色荣光耀晚归。

韵涵情深

加装保暖

加装保暖御风寒，
枫叶霜红满地残。
潇雨漫天云水路，
谁伊相念问冬安。

2021.10.12

秋　怨

浓竹斜垂池水浅，
风趋纹漾起微寒。
又飘叶落深秋雨，
心里犹酸满地残。

2021.10.12

醉酒一场终是梦

醉酒一场终是梦，
万千无奈入迷宫。
秋来暑去枫红好，
谁解云纤水月风。

2021.10.13

重阳节

题记：今又重阳，思亲念访。可我的双亲早已去了天堂，在这节日，我唯有暗地感伤！

重阳九月地临霜，
望眼登高向远方。
心念双亲魂眷处，
橙黄秋菊又忧伤。

2021.10.14

天池河写意

天池河畔秀湾楼，

冷水清溪碧上舟。

对岸啼鸣莺脆语，

浮生唱晚与仙游。

2021.10.14

重阳节

秋夜柔绵意感伤，

重阳又是念家乡。

破房老宅容颜旧，

黄柳冈旁葬我娘。

2021.10.15

韵涵情深

难相见

春色阳天山焕叶，
伊离无语梦中啼。
问君何地曾缘见，
已去多秋水满堤。

2021.10.16

近水楼台怡情

近水楼台伊未影，
迷茫怅惘倍伤情。
山青树绕寻无路，
空照柔怀忆旧程。

2021.10.17

秋 韵

落霞接地人稀静，
诗韵情丝满腹升。
拾片红枫兼尺素，
远乡遥寄托飞鸿。

2021.10.21

韵涵情深

一世情缘多折弄

题记：听《梅花三弄》，不由想起自己的情感经历，
不也曾三弄吗？花开各相异，花落恰相同。

一世情缘多折弄，
欲依次递盼颜彤。
随天由命诚然见，
若是希求镜水中。

2021.10.22

抗疫组诗三首

一

霜降寒聚雾低沉，
大地烟消路闭津。
遵义新增魔疫事，
龙泉夜鸣斩妖心。

二

齐动全民做核酸，
长龙尾摆若绳盘。
详查细筛捉魔鬼，
云开雾散疫疾痊。

三

老熊旅畅莫该牵，
出外合规背唾涎。
只是核酸明结果，
才能进馆结麻伴。

2021.10.23

凤凰山上闲愁

凤凰山上闲愁漫，
缝隙林丛觅破天。
不见阳光箫韵远，
残秋落叶待风眠。

2021.10.24

岳母病危

抗疫俱忙路限程，
且知岳母病危惊。
苍天有眼无珠泪，
雪压青松祈可撑。

2021.10.26 夜

冬日晴天照暖阳

冬日晴天照暖阳，
同仁好友聚山庄。
粗茶淡饭斟醇酒，
三十春秋结谊肠。

2021.12.6

故土游思

故土崇山翠柏林，
沙湾沃野最悠心。
儿时尤记肩扛背，
玉地青波出妙音。

2021.12.11

岳母仙逝

题记：刚刚岳母病逝，正在安排之中，心怀悲，眼含泪，题之。

大雪纷飞积压枝，
苍松古树折干离。
天召岳母驾鹤去，
心涌慈恩遍告之。

2021.12.28

五言诗部分

敬酒诗

注：特为2016年元月26日请测绘界朋友过年而作。

洁白地融天，
心怡神慰然。
风飘绒雪夜，
酒畅荟情缘；
山耸云峰路，
河渊尽峡川；
相尊铺锦秀，
别意透柔绵。

2016.1.25

韵涵情深

尘 态

醉眼柔尘态，
寰球遍地烟。
心淤悲积苦，
眉皱患熬煎。
鸟集山苍秀，
鱼翔水淼渊。
人生如幻影，
得失两丹田。

2018.11.27

晓镜照孤前

晓镜耀孤前，
依栏诉纸笺。
一腔心腹语，
欲寄意阑珊。
地气环山近，
银光映月眠。
苍辽荆棘路，
往事化柔烟。

2020.2.12

独步幽寻

云天受雨侵，
独步夜幽寻。
凛冽严霜气，
烦愁羌笛吟。
催工蛮野道，
欠账玩荒淫。
心积冰山阁，
眉垂湿袖襟。

2020.1.19

醉　夜

醉卧闲亭阁，
苍宫月落孤。
亲朋邀酒聚，
挚友劝杯图。
灯耀街杆影，
风飘树叶弧。
人生犹剧戏，
难得一糊涂。

2018.2.8

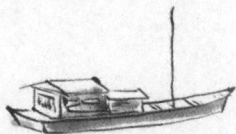

植种相思树

植种相思树，
根深变嘉禾
追怀心极苦，
忆往胆尤涩。
路远人稀静，
峰高客惧峨。
栏桥曾断柱，
雨雪遍山坡。

2018.2.4

夜雨归卿

夜雨却归卿，
庭铃悄无声。
楼亭酣远梦，
细解铁门轻。

2019.1017

中秋夜

月浩中秋夜，
无人识我痴。
远乡依旧故，
梦里却相思。

2011.9.12

蝉　鸣

野地抖蝉鸣，
无人出语惊。
薄凉烟霭起，
桐叶诉秋声。

2018.8.16

七七节

床前浩月光，
帘幕且柔肠。
群岭遥山静，
心弦在拓荒。

2018.8.16

秋　蝶

酷似叶霞绯，
徐斜又翼挥。
花丛尤伴舞，
原是蝶翩飞。

2018.8.12

给诗友

云诗会变仙，
情挚又痴绵。
与尔同投意，
天广韵积渊。

2018.8.10

岁月如杯

人生常易碎，
岁月脆如杯。
仔细轻拿放，
随时委地摧。

2018.11.22

晚来风惠

晚又随风惠，
谁来把酒围？
不谈沉积事，
与尔共霞飞。

2018.12.4

寄 春

轻风送意融，
诉表吉言衷。
梅笑临春到，
希君共勉同。

2018.2.15

秋风尤眷雨

秋风尤眷雨，
叶落坠洼池，
才女翩然至，
挥毫出妙词。

韵涵情深

中秋郊游

秋日绵绵雨，
坡多片片黄。
丛山逶峻岭，
客游入随乡。

苍山万里远

苍山千里远，
锦瑟弄情弦。
夜怅微清露，
天茫到日边。

2017.11.7

思　远

此路千里远，
音消玉树残。
崎岖云透岭，
秋夜梦尤寒。

2018.10.11

悠　梦

情切悠其远，
汪涛一叶舟
云烟如雨细，
好梦逐沙鸥。

2019.8.5

韵涵情深

秋 夜

秋声满地哀，
草叶映窗台。
月浩楼愈静，
凉风夜袭来。

2019.9.1

庭苑清池

庭苑有仙池，
风临起皱漪。
夏辰云浅水，
雨夜引蝉痴。

2019.10.12

新舟机场接儿子归来

年冬风拂紧，
夜雨接归人。
堂室添柴火，
家温满屋春。

2019.1.31

归故里

金蝉吮叶阴，
雨夜院庭深。
多日离乡远，
藤条亦牵人。

2019.10.25

新蒲湿地写意

湖池犹翠柳，
廊曲挽亭风。
迎面山溪水，
镜明万木葱。

2019.2.9

田园诗三首

一

豆粒培肥土，
萌芽待怒花。
熟之瓜果味，
芳馥满唇牙。

二

种培柔沃下，
细雨润新芽。
除杂勤耘土，
身轻在农家。

三

鹅黄芽初生，
叶瓣吸阳盈。
夜雨依情韵，
轻风吐物荣。

2019.3.9

春深云眷

狭路草青裳，
清新雨后香。
春深云眷处，
安泰及僻乡。

2019.5.2

随 笔

池塘养鳜鱼，
万事砺心渠。
诚实求佳信，
春风自有书。

2019.11.16

除 草

草茂欺苗棵，
一朝被铲刈。
请之非速客，
怎让客欺主。

2019.5.3

宰　杀

材禾煮水汤，
猪在梦娇嫦。
憨吃又贪睡，
锅炖骨肉香。

2018.12.6

醉　酒

晚来风又紧，
酒暖有新醅？
仲秋微凉夜，
起坐再一杯。

2021.10.20

韵
涵
情
深

出 行

窗外悬明月，
鸡啼映夜清。
岂能安稳睡，
启笛远航程。

2021.10.25

抗疫悠怀一

疫疾名新冠，
南山集锦言。
全民同敌忾，
政令畅通垣。

2021.10.24

抗疫悠怀二

夜静月辉沉，
情迷失俏音。
问君安宅处？
祥泰平常心。

2020.2.11

抗疫悠怀三

开春遇疫流，
乡野独忧愁。
远眺婆娑影，
身居盼自由。

2020.2.5

韵
涵
情
深

抗疫悠怀四

惹祸新型病，
城摧万巷沦。
居家门闭户，
全是抗疫人。

2020.2.2

抗疫悠怀五

疾魔犹如鬼，
入口肺城危。
口罩需常戴，
抗疫志难摧。

2021.10.27

抗疫悠怀六

出宅日稀酬，
哪知复睡悠。
疫情围镇寨，
梦里却消愁。

2020.1.30

倚窗沐雨

倚窗沐雨斜，
孤月戴轻纱。
天地含忧泪，
绵绵到天涯。

2020.5.17

韵涵情深

岩崖河畔

号管立阳津，
岩悬颤抖音。
湘江游侠客，
其韵浸深林。

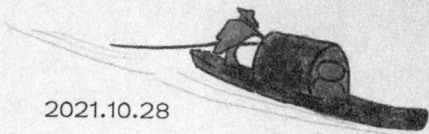

2021.10.28

晨起立门槛

晨起立门槛，
云天雨气清。
满园芳气好，
又见橘枝平。

2020.6.23

游　索

午夜起彷徨，
灯繁夜灿光。
月明风雅静，
天地浩苍茫

2019.10.23

今夜月才圆

今夜月才圆，
刚弥十五篇。
风儿含气爽，
凉簟好安眠。

2021.9.23

189

自由体诗部分

品　茶

茶，积蕴尘缘春花。
卷缩人间悲苦，
无语天涯。
茶，纵得人生相马。
奔腾婉转疾驰，
绽怒芳华。

2018.11.28

归　心

弟添二子喜庆，
电催三次客行。
满桌佳肴待请，
我心似箭归程。

韵涵情深

2018.11.30

烟酒歌

世间人行走，全凭一张口。
烟酒两知己，还唱九月九。

2018.9.18

蓉城牵手间

题记：于二〇一七年七月一日，昆明工学院工程测量8304班同学，阔别三十周年，在蓉城青城山脚下聚会，该诗于酒席间朗诵！

蓉城牵手间，心致好怡然。
青城山风里，把酒畅情缘。
山高勤为路，水长尽百川。
相逢须纵酒，别时更坦然。

2017.7.1

醉　路

今宵酒醒何处？满城风雨稀落。
我欲狂飙劲舞，醉卧岁月江河。
数点红尘星光，莫说人生坎坷。
多情贻笑苍生，何时还得自我？

2018.11.22

纳凉之夜

胜似儿时坐石阶，恰逢凉风徐徐来。

心不择地由意趣，夏日月辉洒前台。

月挂故乡高明镜，风弥乡土满情怀。

青山不老人易变，老来最易仿童孩。

岁月悠悠成旧梦，万事皆空不徘徊。

心如龙潭静如土，万般恩怨入土埋。

2019.7.18

落叶纷纷黄

落叶纷纷黄，宛如雪上霜，
树高千尺凌云舞，
叶任秋风漫卷结愁肠。
秋日不时长，人有一二殇，
道场锣声佛咒语，
晚风凝重郁抑心渐凉。

2019.9.15

黄昏颂

夕阳无限，霞光万里，
色彩吉祥，看云层深处，隽秀山岚。
群山叠伏，风绕林梢，一派新墅，
袅袅炊烟，老夫手舞黄昏唱。
是时候，应风赞夕辉，兴致高昂。

2019.11.18

细雨弥心

细雨霏霏，草蔓横生，
一池湖水暗光影。
山也朦胧，云也低沉。
试问？
晴天暖日，绚丽缤纷！

踏步前行，洗涤旧心，
万事杂沓须理顺。
雄关漫道，再赴征程。
坚信！
笃定信念，终至始心。

2019.1012

凭栏凝眸

凭栏凝眸，夜雨难收，

三更不解五更愁。

万家灯火或泯灭，

我却临窗望远楼。

夜阑寒秋，身披轻裘，

万物极至空悠悠。

我欲横刀断情水，

唯见湘江水更流。

2019.10.16

又遇花季

春雨渐歇，又遇花期。

已是满园桃红李。

既无缘相伴，

何又独畅独迷。

人生如戏，生活如铁。

梦里相思随云起。

如满地落红，

化作一湾春泥。

2019.3.16

韵涵情深

玉带翩翩长

玉带翩翩长，夜阑更辉煌。

凤新快线新画廊。

漫卷诗书人人喜欲狂。

龙魁欢庆舞，凤羽呈吉祥。

龙凤相拥意味长，

醉美遵义长长梦悠扬。

2019.5.11

蜀 道

蜀道并不难，

远眺风景一条线。

一边巴蜀地，

一边汉中园。

2020.10.23

对　联

激情铿锵，翘首展望，来年定是戎马疆场。
朝辉浩耀，正气阳刚，万事随心执手方长。

2021.10.27

又来茶园

今又闲，
多日不曾坐茶园，坐茶园。
清风夜爽，
心地安然。
近来愁事心意烦，
欲诉相思浅杂谈，浅杂谈。
品茗余味，
正上月弦。

2020.7.31

再聚首

再聚首，一杯酒，
相知相识好朋友，
一生一起走。
张开口，放松手，
大碗闲茶小杯酒，
笑语常开口。

2019.8.14

淡淡伤

隐隐痛，淡淡伤，
相思越念痛越长。
人间苦恋最沧桑。
殷殷火，悠悠长，
往事沉浮又风霜。
临水无言任流觞。

2021.1.3

但看平波水垂流

涓水细流，
万物静幽，
欲将梳子洗忧愁。
小雪飞花封巷径，
冬临寒潮忆秋柔。
事事难测，
时间变骤，
豪情满怀终是休。
悄然无语寻觅处，
但看平波水静流。

2021.11.24

距 离

一条街，二里路。
十八相载无重处，
一去音了无。

禅心语，千秋过。
岁月无奈任蹉跎。
诉于何人说。

2019.5.1

风轻轻

风轻轻，夜彩绣，一生风雨又何求。

湘江河畔走，鱼虾水中游。

山庄吃与喝，明月莫笑我。

平生只讲情和义，逝者如斯夫。

2018.1.15

偶　感

题记：献给冬季的晨辉和明媚

游，街上走，
异域风情看个够；
无虚此行，
蓝绿尽揽收。

求，如泛舟，
险滩飞瀑显风流；
万类霜天，
长空任自由。

空山月落

今宵酒醉何处?

试问明日归路。

有谁相伴共语?

且诉空山月树!

2019.6.1